CONSTITUTION

DE

LA RÉPUBLIQUE

CONSTITUTION

DE

LA RÉPUBLIQUE

PARIS

SOCIÉTÉ D'IMPRIMERIE ET LIBRAIRIE ADMINISTRATIVES ET DES CHEMINS DE FER

PAUL DUPONT

41, RUE JEAN-JACQUES ROUSSEAU, 41

—

1880

CONSTITUTION

DE

LA RÉPUBLIQUE

TABLE DES MATIÈRES

TITRE SIXIÈME

TITRE SEPTIÈME.

TITRE HUITIÈME.

TITRE NEUVIÈME,

TITRE PREMIER.

Les lois organiques de la République.

ARTICLE PREMIER. — La volonté du peuple légalement exprimée par ses représentants fait loi. La constitution de la République est soumise à la sanction
du peuple.

2. Tout citoyen et tout habitant du terrritoire
de la République doit obéissance à la loi.

3. L'homme et la femme sont égaux devant
la loi. Les termes de la loi, désignant l'homme,
désignent implicitement aussi la femme.

4. Les droits que les lois organiques confèrent à l'homme sont inaliénables et imprescrip-
tibles.

5. Le peuple a le droit de se réunir en tout
temps, en tout nombre et en tout lieu clos et

couvert, pour s'occuper d'objets religieux, littéraires
politiques ou autres. Toute procession et toute réu-
nion publique dans des lieux qui ne sont pas clos et
couverts est défendue, et dispersée par la force publique après trois sommations du maire de la commune.

6. Le peuple a le droit d'exprimer ses idées
de vive voix et par écrit, et de les propager
par la presse. Il n'y a ni outrage, ni diffamation, ni
injure, si les faits imputés sont vrais.

7. Le peuple a le droit de pratiquer librement, à ses frais, le culte de sa religion. Nul
n'est tenu de contribuer aux frais de culte d'une religion qu'il ne professe pas.

8. Le droit d'association dans un but licite ne
pourra être restreint que par des lois générales. Toute
restriction de ce droit pour certaines classes du
peuple est illégale.

---

9. La commune est formée par tous les citoyens
de vingt-cinq ans accomplis, qui y sont nés ou se sont
fait inscrire sur les registres de la commune, après y
avoir résidé pendant une année.

10. La commune ne peut avoir ni plus de dix
mille ni moins de deux mille citoyens. La délimitation
de la commune est faite par une loi.

11. Nul ne peut être citoyen de plusieurs communes en même temps. Tout citoyen peut choisir la commune où il désire être inscrit, et la quitter librement en tout temps.

12. La commune a le droit de faire inscrire sur ses registre tout citoyen qui y réside habituellement. Elle donne avis à la commune où il est inscrit, pour qu'il soit rayé de la liste.

13. La commune délivre gratuitement à chaque citoyen un extrait des registres sur lesquels sont inscrits les actes de l'état civil qui le concernent.

14. Tout citoyen âgé de vingt-cinq ans accomplis a le droit et l'obligation de voter dans la commune où il est inscrit sur toutes les questions qui sont soumises à sa décision par la Chambre des représentants du peuple ou par le conseil municipal de la commune.

15. Le scrutin reste ouvert pendant trois jours. Les bulletins de vote doivent être entièrement écrits et signés de la main du votant. Ils peuvent être mis dans l'urne par le votant ou envoyés par la poste, sous pli chargé, en franchise.

16. Les décisions des communes sont prises à la majorité absolue des votes.

17. N'ont pas droit au vote ceux qui en ont été privés par un jugement définitif, et tous ceux qui ne savent pas écrire.

18. Le conseil municipal gère les affaires de la commune et la représente auprès du préfet. Ses décisions sont prises à la majorité des voix.

19. Les membres du conseil municipal sont élus par les citoyens de la commune en décembre, pour une année. Le nombre des conseillers municipaux à élire pour chaque commune est fixé par une loi.

20. Les conseillers municipaux doivent être citoyens de la commune qu'ils représentent. Ils ne reçoivent pas d'appointements ; ils sont rééligibles.

21. Le conseil municipal nomme, pour une année, parmi ses membres, un maire et trois adjoints, qui sont rééligibles pendant trois années. Le maire et les adjoints reçoivent des appointements à fixer par une loi.

22. Le conseil municipal doit aide et assistance aux habitants de la commune. Il représente les citoyens absents ou incapables. Si les ressources de la commune ne suffisent pas, l'Etat doit venir en aide à la commune.

23. Le conseil municipal nomme, pour une année, parmi ses membres un délégué au conseil général du département, qui reçoit des appointements à fixer par une loi.

24. Le conseil général gère les affaires du département et le représente auprès du préfet.

---

25. Les représentants du peuple, au nombre de un représentant pour chaque département, sont nommés par les citoyens des communes formant le département.

26. Les représentants du peuple doivent être citoyens d'une des communes du département qu'ils représentent. Ils restent en fonctions une année. Ils sont rééligibles pendant trois années.

27. Les représentants réunis forment la Chambre des représentants du peuple, qui dirige les affaires de l'État conformément à la constitution.

28. La Chambre des représentants du peuple fixe annuellement le budget général des dépenses et des recettes pour une année.

29. Les décisions de la Chambre des représentants du peuple sont prises à la majorité absolue des voix. Mais si la minorité, composée d'un quart des votants au moins, déclare que la décision, prise

par la majorité, porte atteinte à la constitution, la Chambre des représentants du peuple doit soumettre sa décision à la sanction du peuple.

30. La Chambre des représentants du peuple nomme, pour une année, trois de ses membres pour présider les séances à tour de rôle. Les présidents ne sont pas rééligibles.

31. La Chambre des représentants du peuple siège en permanence.

32. Les représentants du peuple reçoivent des dotations à fixer par une loi. Ils doivent tout leur temps aux affaires du peuple et ne peuvent avoir aucune autre fonction, ni publique ni privée. Ils ne reçoivent rien en dehors de la dotation, ni logement, ni gratifications, ni pensions, ni distinctions honorifiques.

---

33. Le mari et la femme sont égaux devant la loi ; ils ne perdent aucun de leurs droits civils ou politiques par le mariage.

34. Les contrats de mariage sont régis par les lois qui régissent les contrats et obligations conventionnelles en général.

35. Le père et la mère conjointement sont les administrateurs des biens personnels de leurs enfants mineurs. En cas de dissidence le conseil municipal se constitue tuteur.

36. En cas de mort du père ou de la mère, le survivant continue l'administration des biens personnels de ses enfants mineurs.

37. Le conseil municipal représente devant la la loi le père et la mère dans tous les cas où ils font défaut.

---

38. Le droit à la jouissance de la propriété immobilière est établi uniquement par l'inscription du nom du propriétaire sur les registres des immeubles de la commune et du département où la propriété est située.

39. Toutes les propriétés non inscrites dans un délai à fixer par une loi, sont inscrites au nom de l'Etat.

40. Les registres des immeubles sont tenus en double par le conseil municipal et par le conseil général, qui doivent se convaincre de la validité des titres présentés, avant de procéder à l'inscription.

41. Les hypothèques grevant l'immeuble doivent être inscrites sur les registres des immeubles immédiatement après le nom du propriétaire, sans aucun blanc, les unes à la suite des autres, sous les numéros 1 et suivants.

42. L'hypothèque n'existe que du moment de son inscription sur les registres des immeubles. Le rang entre les créanciers est déterminé par le numéro d'inscription.

43. L'inscription se borne à énoncer la somme de l'hypothèque avec renvoi, pour les détails, à l'obligation conventionnelle enregistrée. (Article 186, alinéa 4.)

44. Les inscriptions conservent l'hypothèque et le privilège jusqu'à leur radiation.

45. Les registres des immeubles sont ouverts au public, de 9 heures du matin à midi.

46. Les extraits des registres des immeubles sont délivrés par le conseil municipal avec le visa du conseil général et du préfet.

47. L'inscription faite, l'Etat seul est responsable de toute inscription irrégulière, avec recours contre la commune et le département.

48. L'Etat seul est créancier privilégié sur les immeubles, mais uniquement pour les sommes dues pour contribution immobilière (article 181, alinéa 2).

L'Etat perd son droit s'il n'a pas fait inscrire sa créance sur les registres des immeubles sans délai.

---

49. Tout citoyen a le droit de disposer de tous ses biens immobiliers et mobiliers, à titre onéreux ou gratuit, par vente, par donation entre vifs ou par testament, sans aucune restriction.

50. Les biens du défunt, mort *ab intestat*, sont déférés à ses enfants et descendants. La représentation a lieu à l'infini dans la ligne directe descendante. Si le défunt, mort *ab intestat*, n'a laissé ni enfants ni descendants, ses biens sont déférés à l'Etat. Dans ce cas les ascendants en ligne directe ont droit à des aliments convenables, s'ils sont dans le besoin.

TITRE DEUXIÈME.

Du gouvernement de la République.

51. Le pouvoir exécutif appartient à l'Empereur.

52. L'Empereur doit obéissance à la Constitution, dont il est le défenseur.

53. L'Empereur gouverne, tant que le peuple n'a pas prononcé sa déchéance.

54. L'Empereur nomme son successeur, qui prend le titre de Prince Impérial après la sanction de sa nomination par le peuple.

55. La chambre des représentants du peuple fixe la dotation de l'Empereur et du Prince Impérial.

56. Si, au moment de la mort de l'Empereur, il n'existe pas de Prince Impérial légalement nommé, la chambre des représentants du peuple nomme le nouvel Empereur. Cette nomination doit être soumise à la sanction du peuple. En attendant, la Chambre des représentants du peuple exerce le pouvoir exécutif par les trois membres de la présidence de la Chambre.

57. L'Empereur représente l'Etat.

58. Il commande les forces de terre et de mer, dont il nomme les officiers.

59. Il déclare la guerre de concert avec les trois membres de la présidence de la Chambre des représentants.

60. Il a l'initiative des lois et les promulgue.

61. La justice se rend en son nom ; il nomme les juges des cours d'appel.

62. Il nomme et révoque, s'il y a lieu, les préfets, les ministres, les conseillers d'Etat et les procureurs de la République.

63. Il a le droit d'octroyer et de confirmer les titres nobiliaires. Les droits à payer pour les brevets seront fixés par une loi. Personne ne peut

2

porter de titres nobiliaires sans brevet de l'Empereur.

64. Le drapeau national est l'aigle romaine sur fond rouge. Les armes de la République sont l'aigle romaine avec l'exergue : *Fraternité.*

---

65. Le Conseil d'Etat est l'organe par lequel l'Empereur exerce son pouvoir.

66. Les membres du Conseil d'Etat et leur président sont nommés par l'Empereur parmi les directeurs des différents bureaux des ministères, ayant été en fonctions au moins dix années.

67. Les fonctions du Conseil d'Etat sont les suivantes :

1. Il soumet à la Chambre des représentants du peuple tous les projets de loi émanant de l'Empereur, et les défend par un délégué devant la Chambre.

2. Il donne son avis sur tous les projets de loi introduits par les représentants du peuple, et délègue un de ses membres pour le soutenir devant la Chambre des représentants du peuple.

3. Il surveille et assure l'exécution des lois.

4. Il veille à ce que les biens appartenant à l'Etat soient gérés de manière à produire le plus grand revenu possible. A cet effet, le Conseil d'Etat vendra ou donnera à ferme toute propriété de l'Etat, pour laquelle un revenu supérieur pourra être obtenu. (Article 78.)

5. Il veille à ce que l'Etat ne fasse pas pour le compte du peuple ce que le peuple peut faire mieux lui-même.

6. Il veille, en vue de diminuer le nombre des fonctionnaires, à ce que des auxiliaires à gages soient employés pour toutes les affaires publiques, qui ne demandent pas d'instruction supérieure spéciale.

68. Le Conseil d'Etat statue souverainement en séances publiques :

1° Sur toute demande judiciaire concernant la commune, le département ou l'Etat ;

2° Sur les demandes des ministres concernant la révocation des fonctionnaires de leur ressort.

3° Sur les demandes du public concernant les abus ou excès de pouvoir des fonctionnaires dans l'exercice de leur fonctions.

69. Les ministres gèrent les affaires de l'Etat sous l'autorité du Conseil d'Etat. Ils assistent aux séances de la Chambre des représentants du peuple avec voix consultative, quand ils y sont appelés.

70. Les ministres sont nommés par l'Empereur parmi les directeurs qui ont servi au moins 10 années dans le ministère qu'ils sont appelés à diriger.

71. Les préfets sont les organes par lesquels l'Empereur exerce le pouvoir dans les départements.

---

72. Sont fonctionnaires tous ceux qui, au service de l'Etat, du département ou de la commune, remplissent une fonction salariée, portée au budget.

73. Les fonctionnaires doivent tout leur temps aux affaires qui leur sont confiées. Aucun fonctionnaire ne peut avoir une autre fonction, ni publique, ni privée.

74. Les appointements des hauts fonctionnaires, tels que conseillers d'Etat, ministres, préfets et autres, ne doivent, en aucun cas, dépasser le triple des appointements des fonctionnaires subalternes.

75. Les fonctionnaires ne reçoivent rien en dehors de leurs appointements, ni logement, ni gratifications, ni pensions, ni titres, ni distinctions honorifiques.

76. Les fonctionnaires de chaque ministère forment un corps, qui nomme à la majorité des voix les fonctionnaires subalternes parmi les candidats qui se sont fait inscrire. Les candidats doivent être munis du brevet d'instruction supérieure, exigible pour la branche du ministère où ils désirent entrer. (Article 168.)

77. Les directeurs des différentes divisions des ministères sont nommés à la majorité des voix par les ministres réunis, parmi les fonctionnaires qui ont servi au moins cinq années dans la division qu'ils sont appelés à diriger.

78. Aucun fonctionnaire n'a le droit, sans qu'un concours public ait eu lieu :

1° D'aliéner ou de donner à ferme les biens de l'Etat, du département ou de la commune ;

2° D'emprunter au nom de l'Etat ;

3° D'accorder des privilèges, des subventions ou des garanties d'intérêts ;

4° De faire exécuter pour le compte de l'Etat, du département ou de la commune, des travaux ou des livraisons.

Le concours public doit avoir pour base un cahier des charges. Aucun certificat de capacité ou autre ne doit être exigé. Un cautionnement uniforme de dix pour cent du montant du cahier des charges doit être stipulé.

79. Les conventions conclues au nom de l'Etat concernant les opérations mentionnées dans les alinéas 1, 2, 3 de l'article 78, ne sont valables qu'après avoir été sanctionnées par la Chambre des représentants du peuple.

80. Il est défendu à tout fonctionnaire de faire faire en régie ce qui peut être fait par des entrepreneurs.

81. Les dossiers concernant les opérations mentionnées dans l'article 78, détenus par les fonctionnaires, sont ouverts au public de neuf heures du matin à midi.

82. L'Etat, le département ou la commune sont responsables du préjudice causé par les malversations, concussions, abus ou excès de pouvoir de leurs fonctionnaires insolvables.

TITRE TROISIÈME.

De la Justice.

83. Il sera institué dans chaque chef-lieu d'arrondissement un tribunal, et dans chaque chef-lieu de département un tribunal et une cour d'appel, chargés de rendre la justice dans toutes les causes civiles ou criminelles.

84. Le nombre des juges de chaque tribunal et de chaque cour d'appel sera fixé par une loi.

85. Les juges des tribunaux sont nommés à la majorité des voix par les citoyens inscrits dans les communes formant l'arrondissement.

86. Les juges des cours d'appel sont nommés par l'Empereur.

87. Les juges des tribunaux et des cours d'appel sont révoqués, s'il y a lieu, par le Conseil d'Etat.

88. Les demandes judiciaires pour tout ce qui concerne l'Etat, le département ou la commune sont jugées par le Conseil d'Etat.

89. Toute autre demande judiciaire doit être adressée au tribunal de l'arrondissement où le défendeur réside ou est inscrit.

90. La demande judiciaire doit contenir :

1° Le nom et le domicile du demandeur ;

2° Le nom et la résidence ou le domicile du défendeur ;

3° L'énonciation sommaire de l'objet de la demande ;

4° La somme à laquelle le demandeur évalue sa demande ;

5° Le nom du juge du tribunal auquel le demandeur donne le droit de juger sa demande.

91. Le tribunal doit enregistrer la demande séance tenante et la revêtir de la formule : « Ordonnons « au défendeur de nommer dans les sept jours « francs le juge du tribunal auquel il donne le droit « de prononcer sur le litige conjointement avec le « juge ci-dessus nommé. » Le tribunal doit envoyer la demande à l'adresse du défendeur au plus tard le lendemain.

92. Le défendeur doit inscrire sur la demande judiciaire le nom du juge du tribunal auquel il donne le droit de prononcer sur le litige et la renvoyer au tribunal. A défaut du défendeur, le conseil municipal nomme le juge.

93. Le tribunal remet le dossier aux deux juges désignés, qui doivent entendre les parties en séances privées, examiner les preuves présentées, prendre toutes les mesures nécessaires pour découvrir la vérité, et donner leur jugement motivé par écrit.

94. En cas de dissidence, chaque juge doit donner son opinion par écrit. Les parties doivent nommer dans ce cas un troisième juge, pour prononcer le jugement. A défaut des parties, le troisième juge est nommé par le conseil municipal.

95. Le jugement ensemble avec le dossier doit être présenté par les juges au tribunal, qui rédige son arrêt conformément au jugement, et l'envoie au conseil municipal pour être exécuté suivant la loi.

96. Les juges des tribunaux ne sont pas fonctionnaires et ne reçoivent pas d'appointements.

97. Les juges qui ont jugé la demande judiciaire reçoivent des parties, comme frais de justice, six pour cent de la somme à laquelle le demandeur a évalué sa demande judiciaire. Ils partagent la somme entre eux par parties égales. Le jugement doit contenir la répartition des frais de justice entre les parties.

98. Les jugements, en ce qui concerne les frais de justice, sont exécutoires nonobstant appel.

99. Les tribunaux jugent sans appel toutes les demandes judiciaires inférieures à mille francs.

100. Les tribunaux doivent envoyer *ex officio* ou à la requête des intéressés, toutes citations, notifications, significations judiciaires et autres par la poste sous pli chargé, sans autres frais que le port de lettres.

101. Les tribunaux seuls ont le droit de procéder à la vente publique des biens meubles et immeubles. Ils retiennent au profit de l'Etat, sur le prix des biens vendus, un pour cent, dont un dixième leur est alloué pour frais.

102. Les demandes judiciaires en appel doivent être adressées au tribunal qui a prononcé le jugement dont est appel. Le tribunal les transmet à la cour d'appel du département.

103. Les dispositions des articles 90 à 97 sont communes aux tribunaux et aux cours d'appel.

104. Les arrêts des cours d'appel sont définitifs.

105. Tout citoyen a le droit, et les fonctionnaires de la police judiciaire sont tenus, de rechercher et de poursuivre devant les tribunaux les contraventions et les délits parvenus à leur connaissance;

106. La police judiciaire est exercée sous l'autorité du tribunal et de la cour d'appel.

107. Auprès de chaque tribunal et cour d'appel, il sera nommé par l'Empereur un procureur de la République et un ou plusieurs substituts, chargés, sous l'autorité du Conseil d'Etat, de défendre les intérêts de l'Etat.

108. Aucune arrestation, sauf le cas de flagrant délit, ne pourra être faite sans un mandat du tribunal, visé par le procureur de la République.

109. Toute personne arrêtée devra être amenée directement au tribunal le plus proche, qui décidera, séance tenante, l'accusé entendu, si l'arrestation doit être maintenue ou non.

110. Tout accusé dont l'identité et l'inscription dans une des communes de la République auront été constatées, sera mis en liberté immédiatement, s'il n'est pas accusé d'un crime.

111. L'accusé mis en liberté doit signer un engagement de ne pas quitter l'endroit où siège le tribunal, et de se présenter à tous les actes de la procédure et pour l'exécution de l'arrêt, aussitôt qu'il en sera requis.

112. Le tribunal a le droit de décider, en tout état de cause, l'arrestation de l'accusé, le procureur de la République consentant.

113. Les accusés détenus doivent être placés dans une chambre séparée.

114. Le tribunal et la cour d'appel ont le droit de faire saisir et amener tout témoin qui ne comparaît pas à l'heure fixée dans la citation.

115. Le procureur de la République sera tenu de présenter son réquisitoire au tribunal sans délai. Le tribunal le remet à un des juges, à tour de rôle, qui fonctionnera comme juge d'instruction sous l'autorité du tribunal.

116. Le juge d'instruction est tenu de présenter son rapport avec toute la diligence possible, et dans les sept jours au plus tard, si l'accusé est détenu.

117. Le tribunal fixera le jour de la séance publique. Il rendra son jugement après avoir entendu le juge d'instruction, le procureur de la République et en dernier lieu l'accusé.

118. Les tribunaux procédant au criminel doivent être composés de trois juges au moins.

119. Si le tribunal estime que l'accusé est coupable d'un fait qualifié crime, il rendra un arrêt ordonnant le renvoi de l'accusé devant le jury.

120. Le jury est composé de cinq juges du tribunal, dont deux sont nommés par l'accusé, deux par le procureur de la République, et un, le président, par le tribunal.

121. Le jury prononce son arrêt séance tenante après avoir entendu le juge d'instruction, le procureur de la République, et en dernier lieu l'accusé.

122. L'accusé seul a le droit d'appeler de l'arrêt du jury à la cour d'appel.

123. Les cours d'appel jugeant au criminel prononcent leurs arrêts à la majorité des voix de trois juges au moins, sans constitution de jury.

124. La cour d'appel ne peut pas modifier les arrêts du jury; elle ne peut que les casser ou les confirmer.

125. En cas de cassation, l'arrêt motivé de la cour d'appel est envoyé par la poste sous pli chargé à un autre tribunal du département, avec ordre de procéder à nouveau suivant la loi.

126. L'arrêt du tribunal jugeant à nouveau est définitif.

127. La justice criminelle est gratuite.

128. Une loi réglera la constitution des tribunaux et des cours d'appel. Le local nécessaire pour les audiences publiques sera fourni aux tribunaux par le chef-lieu de l'arrondissement, et aux cours d'appel par le chef-lieu du département. Toutes les autres dépenses seront supportées par les juges au prorata des frais de justice perçus par eux.

---

129. Sont abolies les peines suivantes :

1° La détention dans une forteresse,

2° La réclusion et l'emprisonnement dans une maison de force.

Elles seront remplacées par des amendes à fixer par une loi.

130. Les amendes prononcées par le code pénal seront appliquées proportionnellement au revenu du condamné, en comptant pour chaque trois francs d'amende une somme équivalente à une journée du revenu du condamné. Les fractions comptent pour entiers. (Article 186, alinéa 1.)

131. La peine du renvoi du condamné sous la surveillance de la haute police est abolie.

132. La contrainte par corps en matière criminelle, correctionnelle et de simple police est abolie.

133. Les arrêts et jugements portant condamnation au profit de l'État à des amendes, restitutions et dommages-intérêts en matière criminelle, correctionnelle et de simple police, sont envoyés au conseil municipal de la commune du condamné. L'amende est portée au débit du compte de la commune. Si le condamné est hors d'état de rembourser l'amende à la commune, il sera employé aux travaux publics de la commune, conformément à loi. Le condamné devra être détenu dans une chambre séparée quand il rentrera des travaux. Le strict nécessaire lui sera fourni par la commune.

134. Les tribunaux ont le droit de prononcer la peine de la fustigation à coups de verges, quand l'âge du condamné ne permet pas l'application de la peine édictée par le code pénal.

135. Dans les cas de condamnation pour assassinat, l'admission de circonstances atténuantes ne modifie pas la peine édictée par le code pénal.

136. Nul n'a le droit de faire grâce. Les arrêts de mort doivent être exécutés dans les vingt-quatre heures.

TITRE QUATRIÈME.

De l'éducation du peuple.

137. Tout citoyen a le droit d'ouvrir et de tenir pour son compte et pour le compte d'autrui des établissements scolaires.

138. Les crêches, et les établissements scolaires pour enfants au-dessous de douze ans, ne peuvent être tenus que par des femmes.

139. Les garçons et les filles peuvent fréquenter les mêmes classes.

140. L'État, le département et la commune n'ont pas le droit de tenir ni de subventionner des établissements scolaires.

141. Les établissements scolaires, tels que : crêches, écoles, lycées, académies, universités ou autres, tenus actuellement par l'État, le département ou la commune, seront vendus ou donnés à ferme, aussitôt qu'il se présentera un acquéreur ou locataire, qui s'oblige à les continuer pour son compte. (Article 78, alinéa 1.)

142. L'État a l'obligation de fonder des crêches et des écoles primaires où il n'y en a pas en nombre suffisant. Il doit les vendre ou les donner à ferme à ceux qui s'offriront pour les tenir pour leur compte. (Article 78, alinéa 1.)

143. Les crêches sont ouvertes pour toute femme qui désire y accoucher. Les femmes peuvent taire leur nom. L'État garantit au détenteur de la crêche le payement de la pension des femmes pauvres qui y accouchent.

144. Il est défendu de mettre des enfants en nourrice. Les crêches reçoivent tous les enfants en bas âge que les mères ne peuvent pas garder auprès d'elles.

145. Les enfants abandonnés par leur mère, incapable de les élever, sont adoptés par l'État et élevés à ses frais dans les crêches et établissements scolaires, que l'État choisira parmi les meilleurs.

146. La mère ne perd, en aucun cas, son droit sur l'enfant abandonné.

147. L'État, le département, la commune et tout citoyen ont le droit d'inspecter les crêches et les établissements scolaires, dans les limites à fixer par une loi.

148. Les crèches et les établissements scolaires sont tenus d'afficher dans leurs établissements leurs conditions d'admission. Ces conditions doivent être uniformes pour tout le monde. Elles ne peuvent être changées qu'au mois d'août. La copie des conditions doit être envoyée au conseil municipal, qui est tenu de les afficher dans la salle de la mairie.

---

149. L'État délivrera des brevets d'instruction à tous ceux qui auront subi avec succès les examens, conformément aux programmes arrêtés par la direction des examens.

150. L'État instituera des concours pour la rédaction des programmes d'examens et des livres scolaires correspondants. Il fera imprimer à ses frais les livres primés et les vendra au prix de revient.

151. Les programmes d'examens pour les différentes sciences doivent être divisés en paragraphes embrassant chacun une subdivision de la science.

152. Les examens des candidats pour les brevets d'instruction se font à la mairie du chef-lieu de l'arrondissement devant une commission d'examen à nommer par la direction des examens.

153. Les séances de la commission d'examen sont publiques. Il ne doit y avoir qu'une seule séance par jour.

154. Le candidat présentera à la commission, huit jours au moins avant le commencement des examens, une copie des actes de son état civil, écrite et signée de sa main. Le candidat doit faire cette copie en présence du conseil municipal, qui le certifiera sur la copie.

155. Il y a une séance pour chaque science.

156. La direction des examens fera imprimer les différents paragraphes du programme des sciences sur des cartons séparés, percés dans un coin.

157. La commission d'examen assemblée en séance publique, mêle tous les cartons du programme de la science qui fait l'objet de l'examen, et les place sur une pointe en fer fixée sur une tablette.

158. Les candidats, appelés dans l'ordre des lettres commençant leur nom de famille, reçoivent des mains du président chacun un carton dans l'ordre où ils se trouvent sur la pointe en fer. Le président leur remet en même temps une feuille de papier numérotée, fournie par la direction des examens.

159. Le candidat expose par écrit sur la feuille de papier numérotée, séance tenante, sans aucun aide, ni de livres ni de personnes, tout ce qu'il sait concernant le paragraphe de la science qui lui est échu. Il date et signe son travail.

160. Il n'y a pas d'examen oral.

161. La commission recueille les feuilles numérotées et les envoie par la poste à la direction des examens siégeant à Paris. Le pli doit être cacheté à la cire avec le cachet de la mairie, en présence des candidats.

162. La commission d'examen continue ainsi les jours suivants sans interruption jusqu'à l'épuisement des différentes sciences du programme.

163. La Direction des examens, après avoir reçu tous les travaux du candidat, les examine et exprime son opinion sur l'instruction du candidat par les mots : *instruction insuffisante*, ou *instruction complète*. La qualification : instruction insuffisante, entraîne le refus du brevet.

164. La Direction des examens envoie les brevets d'instruction, ensemble avec tous les travaux du candidat, à l'inspecteur scolaire, qui fera copier le brevet en sa présence par le candidat. La copie du brevet signée par le candidat et contresignée par l'inspecteur scolaire et le conseil municipal, est remise au candidat. Le brevet et tous les travaux du candidat sont déposés aux archives du département, où tout citoyen peut les examiner.

165. Les candidats pour les brevets d'instruction primaire doivent avoir seize ans accomplis.

166. L'État paie aux parents du titulaire d'un brevet d'instruction primaire, ou à ceux qui ont fourni l'argent pour son éducation, une somme équivalente aux dépenses qu'exige l'instruction primaire. La somme à payer sera fixée par la Chambre des représentants du peuple. Elle sera payée sur les fonds restés libres par la suppression des ministères de l'instruction publique, des cultes, des beaux-arts, de l'agriculture et de la justice.

167. Tous les enfants du département doivent être inscrits sur les registres de l'inspecteur scolaire, qui est autorisé, à défaut des parents ou tuteurs de l'enfant, à prendre toutes les mesures nécessaires pour assurer à tout enfant l'instruction primaire, en aliénant, au besoin, la somme que l'enfant pourra éventuellement recevoir pour son brevet d'instruction primaire.

168. Outre les brevets d'instruction primaire, l'État délivre à tout candidat, muni du brevet d'instruction primaire, des brevets d'instruction supérieure en pédagagogie, philologie, administration, droit, médecine, arts et métiers, métallurgie, architecture, génie civil et génie militaire.

169. Les candidats pour les brevets d'instruction supérieure doivent avoir vingt ans accomplis,

170. Les brevets d'instruction supérieure donnent le droit au titre de docteur.

171. Les dispositions des articles 151 à 164 son communes aux examens pour le brevet d'instruction primaire et pour les brevets d'instruction supérieure.

172. Toute fraude dans les examens et les brevets d'instruction entraîne pour le candidat la perte du droit au brevet d'instruction.

173. Les brevets d'instruction primaire et supérieure ne confèrent aucun privilège, excepté pour le service de l'État, du département et de la commune.

Toutes les autres professions peuvent être exercées librement sans brevet.

TITRE CINQUIÈME

De l'armée.

174. Tout citoyen âgé de quinze ans révolus est soldat et inscrit sur les listes de la commune où il habite. Il reste soldat sa vie durant.

175. Le soldat ne quitte pas le département qu'il habite, sans son consentement, les cas de manœuvre et de guerre exceptés.

176. L'État doit l'entretien et la solde aux soldats envoyés hors de leur département en cas de guerre et de manœuvres.

177. L'instruction militaire du soldat doit être faite par des instructeurs militaires de l'État d'une manière uniforme, autant que possible sans déplacer le soldat de l'endroit où il habite.

178. Les écoliers sont enrégimentés dès l'âge de quinze ans. Les instructeurs militaires de l'État leur donnent l'instruction militaire le dimanche.

179. Le soldat ne doit aucun autre service que celui qui est strictement necessaire pour compléter son instruction militaire.

180. Les soldats et les officiers doivent obéissance absolue à leurs chefs, qui sont responsables envers eux de tout abus ou excès de pouvoir.

181. Les soldats de chaque département sont distribués entre les différentes armes de manière à former un corps d'armée complet, muni sur place de tout le matériel nécessaire pour agir seul.

182. Les soldats ne portent l'uniforme que quand ils sont de service.

183. Les armes du soldat sont déposées à la mairie.

184. Les sous-officiers et les officiers de tout grade, ainsi que les marins au service de l'État, reçoivent des appointements à fixer par une loi.

TITRE SIXIÈME.

Des contributions.

185. L'État seul a le droit d'établir et de percevoir des contributions. Les droits d'octroi, les droits de douane, la taxe de consommation de sel, les contributions sur les boissons et les tabacs, et toutes autres contributions indirectes sont abolies.

186. Les quatre contributions que l'État a le droit de percevoir sont :

1. *La contribution personnelle.* Elle est de un pour cent du montant du revenu du contribuable. Tout contribuable est tenu de présenter au conseil municipal de sa commune, en janvier, une déclaration énonçant en détail le chiffre de son revenu de la dernière année. Le Conseil municipal déterminera, le contribuable entendu, le montant de la contribution personnelle. Le contribuable a le droit de faire appel au Conseil

d'État. Toute fraude dans la déclaration du contribuable est punie d'une amende égalant la part du revenu
non déclarée. La moitié de l'amende est acquise à
celui qui a fourni à l'État la preuve de la fraude

2. *La contribution immobilière*. Elle est de dix
pour cent de la valeur des propriétés immobilières
qui changent de propriétaire par vente, donation
entre vifs ou testamentaire ou par succession. Cette
contribution est payable par cinquièmes en cinq
années, pendant lesquelles le nouveau propriétaire
a le droit de vendre sa propriété sans qu'une nou-
velle contribution immobilière puisse être exigée.

Les propriétés immobilières inscrites sur les registres de la commune au nom de l'État, du département, de la commune ou d'une société autre que
celle en nom collectif, paient une contribution immobilière annuelle d'un demi pour cent de leur
valeur.

3. *La contribution pour timbre*. Elle est de un
pour mille de la valeur de la propriété mobilière
qui change de propriétaire, par vente, cession, lettre
de change ou tout autre effet négociable ou non.

La contribution pour timbre est due par celui qui
transfère la propriété. Elle est perçue au moyen
de timbres mobiles vendus par l'État. Les timbres
doivent êtres collés sur l'acte constatant le droit du
nouveau propriétaire, et oblitérés, suivant la loi,

par les soins de celui qui doit la contribution pour
timbre.

Il n'est pas dû de contribution pour timbre pour
des valeurs au-dessous de dix francs. Pour les valeurs
de dix francs jusqu'à cent francs, et pour tous chèques souscrits et payables dans la même ville, il
est dû une contribution pour timbre de dix centimes.

Pour les lettres de change, billets à ordre, chèques, mandats et tout autre effet négociable ou non,
souscrits à l'étranger, la contribution pour timbre
est due par le premier propriétaire en France.
Toute fraude au détriment de l'État est passible
d'une amende d'autant de francs qu'il y avait de
centimes à payer pour la contribution pour timbre.
La moitié de l'amende revient à celui qui aura fourni
la preuve de la fraude.

4. *La contribution pour enregistrement.* Elle
est de un pour mille sur la valeur de la chose faisant
l'objet d'obligations conventionnelles. Toute obligation conventionnelle dépassant la valeur de cent
francs doit être présentée par les parties contractantes en personne ou par leur fondé de pouvoir
au percepteur de l'État en original et en autant de
copies qu'il y a de parties contractantes. L'original
et les copies doivent être signés par les parties.
L'original est conservé dans les archives de l'État
comme acte authentique qui fait pleine foi de la

convention qu'il renferme entre les parties contractantes et leurs héritiers ou ayants cause. Les copies
sont remises aux parties contractantes avec la signature du percepteur pour copie conforme.

L'État délivre en tout temps aux ayants droit des
copies légalisées des actes déposés dans les archives de l'État. Les droits à payer pour copie seront
fixés par une loi.

Nul ne peut réclamer devant les tribunaux ou le
Conseil d'État l'exécution d'une obligation conventionnelle, dépassant cent francs, qui n'est pas dûment
enregistrée.

Tout autre acte peut être présenté à l'enregistrement pour acquérir le caractère d'acte authentique.
Le droit à payer sera fixé par une loi.

187. Les départements et les communes ont le
droit de voter, avec la sanction de la Chambre des
représentants du peuple, des centimes additionnels
aux contributions établies qui seront perçues dans
leur rayon.

188. Les contributions et les centimes additionnels sont perçus par les percepteurs de l'État sous
le contrôle et la responsabilité de la commune, qui
a le droit de leur adjoindre un contrôleur municipal.

189. La Chambre des représentants du peuple a le droit de voter des centimes additionnels aux quatre contributions, mais toute création de nouvelles contributions ou tout changement dans l'assiette des quatre contributions, exige la sanction du peuple pour acquérir force de loi.

190. La Chambre des représentants du peuple peut conserver les contributions et droits actuellement existants, tant que le budget des dépenses n'a pas été diminué au point de pouvoir être équilibré par le rendement des quatre contributions établies.

TITRE SEPTIÈME

De l'association des travailleurs

191. Dans chaque commune il sera formé une société sous le nom de l'association des travailleurs.

192. Chaque conseil municipal devra établir dans la mairie un bureau de l'association des travailleurs.

193. Tout travailleur, soit patron, soit ouvrier, qui habite la commune devra se faire inscrire au bureau de l'association des travailleurs, donner son adresse et communiquer tous les détails qu'il jugera nécessaires. Le travailleur patron avisera le bureau, quand il demandera des ouvriers; le travailleur ouvrier, quand il demandera du travail. Le tout sous peine d'amende à fixer par le conseil municipal.

194. Le bureau sert d'intermédiaire gratuit entre ceux qui cherchent du travail et ceux qui cherchent des ouvriers.

195. Les employés du bureau de l'association des travailleurs reçoivent des appointements de l'État.

TITRE HUITIÈME.

De la Banque du peuple.

196. Une société anonyme est formé sous la raison sociale : La Banque nationale de France.

197. Le capital de la Banque est formée par les apports des associés.

198. Le nombre des associés est illimité. Tout citoyen peut, en tout temps, devenir associé en versant un apport de cent francs ou d'un multiple de cent francs

199. Le siège de la Banque nationale de France est à Paris.

200. Le maximum de l'apport sera fixé par l'Administration. Provisoirement le maximum de l'apport est fixé à mille francs.

201. L'administration de la Banque est formée par cinq membres nommés pour trois ans, à la majorité des voix, par les délégués des associés, réunis en Assemblée générale. Les administrateurs représentent la Banque nationale de France.

202. Les administrateurs sortants sont rééligibles.

203. Les administrateurs et les employés doivent tout leur temps aux affaires qui leur sont confiées. Ils ne peuvent avoir aucune autre fonction, ni publique ni privée. Les appointements des administrateurs sont fixés par l'Assemblée générale des délégués.

204. Les administrateurs sont révoqués, s'il y a lieu, par le Conseil d'état.

205. Les délégués des associés sont nommés à la majorité des voix par les associés pour trois années. Il y aura un délégué pour mille associés. Le vote se fait par écrit, il est envoyé à l'Administration par la poste sous pli chargé.

206. Les délégués des associés réunis en Assemblée générale, au nombre de trois au moins, représentent les associés de la Banque nationale de France auprès de l'Administration.

207. Les délibérations de l'Assemblée générale des délégués sont prises à la majorité des voix.

208. L'Assemblée générale des délégués désigne un commissaire, associé ou non, chargé de faire un rapport à l'Assemblée générale des délégués de l'année suivante sur la situation de la Société, sur le bilan et sur les comptes présentés par les administrateurs.

209. L'Assemblée générale des délégués, le rapport du commissaire entendu, prend une délibération motivée contenant approbation ou rejet du bilan.

210. Toute contestation entre les délégués et les administrateurs est jugée sans appel par le Conseil d'État, qui, en cas d'urgence, est autorisé à prendre toutes les mesures propres à sauvegarder les intérêts des associés.

211. L'Administration établit des agences de la Banque nationale de France dans toutes les villes où elle le juge utile. Les agences sont régies par les statuts de la Banque. Les directeurs des agences gèrent les affaires de l'agence conformément aux instructions de l'Administration; ils sont nommés et révoqués, s'il y a lieu, par l'Administration.

212. Les opérations de la Banque nationale de France sont limitées aux deux opérations suivantes :

1° La Banque et ses agences reçoivent en compte de chèques des dépôts en argent comptant. Le taux des intérêts à payer aux déposants est fixé par l'Administration;

2° La Banque et ses agences escomptent à leurs associés tout billet où toute lettre de change reconnus bons par l'Administration. Le taux de l'escompte est fixé par l'Administration.

213. La somme due à la Banque par l'associé ne doit jamais dépasser le décuple de son apport.

214. Les associés de la Banque nationale de France, inscrits à la Banque centrale ou aux agences, sont solidairement responsables pour toutes les dettes de la Banque jusqu'à concurrence du décuple de leur apport.

215. L'Administration de la Banque est autorisée à conclure, avec l'État ou avec une maison de banque, une convention de garantie, pour tout le temps de l'existence de la Banque nationale de France, qui assure, moyennant un ducroire d'un quart pour cent par an, le payement intégral des sommes déposées en compte de chèques.

216. Le garant a le droit de déléguer auprès de la Banque et de ses agences un délégué pour surveiller les opérations.

217. Il est fait annuellement sur les bénéfices nets un prélèvement d'un cinquième affecté à la formation d'un fonds de réserve, qui sera distribué par dixièmes, lorsqu'il aura atteint la somme pour laquelle les associés sont solidairement responsables.

218. Le restant des bénéfices est distribué annuellement aux associés au prorata de leurs apports.

219. L'associé qui n'a pas rempli ses engagements envers la Banque nationale de France, est exclu à jamais.

TITRE NEUVIÈME.

Disposition transitoire.

220. La Chambre des représentants du peuple est autorisée à mettre les lois existantes en accord avec la constitution de la République,

———————•◦◦◦•———————

PARIS — IMPRIMERIE PAUL DUPONT, 41, RUE JEAN-JACQUES ROUSSEAU, 1828.7.80

www.ingramcontent.com/pod-product-compliance
Lightning Source LLC
Chambersburg PA
CBHW061659180626
46818CB00003B/1178